刹那

何向阳

刹那

何向阳

诗人何向阳

立
虹
为
记

群山如黛
暮色苍茫

多年前穿过你身体的风
如今仍能将我轻轻
撼动

茶在炉上
你在纸上

2016.12.27

一个叛徒

一个圣徒

一个圣徒

一个囚徒

暮色渐暗
夜已露出它狰狞的面容

2016.12.27

我已经写了这么多
但还没有写出
最想写的那句

我已写了那么多
但还没有写出
你

想说给你的话愈多
就愈是沉默

火中之焰
石中之玉
诗中之你

2016.12.27

水中之蜜
血中之氧
心中之你

暗夜
谁在对岸大声歌唱

灵魂在寻找它的伴侣

2016.12.27

你是谁
谁又是你

谁是你
你又是谁的你

水追逐着水
一个修行的人
面水而坐
默然不语

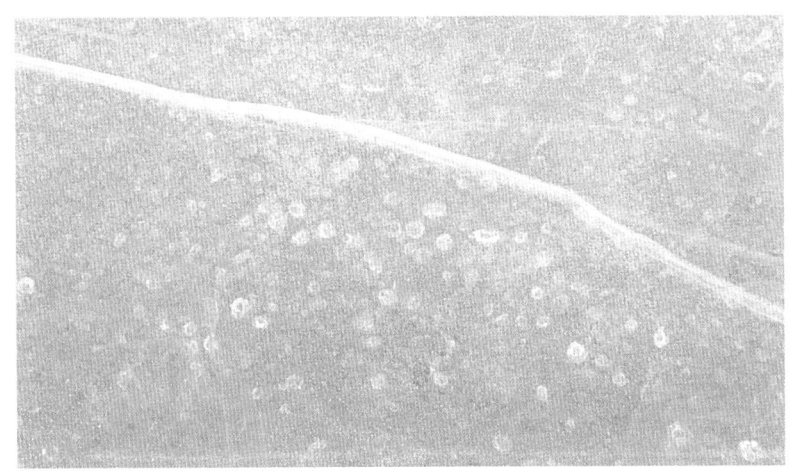

2017.01.09

我什么也不想
只想着
同苦与甘的人类

一心不乱

请握住我的手
还有臂膀
再请握住我的乳房
请问它是否像今夜皎洁的月亮

2017.01.22

可以给你睿智
可以给你财富
但有一样原谅我不能献出
——自由

我只要一座花园
一个你
坐在对面

一棵平原上的树
它的血液里流着黄金

2017.02.18

你相信神迹

神迹即会发生

你若信神
神必会为你降临

你总是在建地上的宫殿
你是否在意心上的宫殿

2017.02.23

光明如初

审判者必被审判
救赎者将获救赎

你连续三天问我同样的问题
我想了三天仍没有最后的答案

2017.03.07

第四天你问我同样的问题
并带来了你给我的答案

我日夜躺在这里
看月亮如何从圆满变成了一半

给你我胸中之血
给你我暮中之光

2017.04.29

那时的人心真是柔软
那时我们从未为自然的消弭而发出喟叹

一条路的尽头
另一条路缓慢地开端

一个修行的人在林中缓缓前行

的确这样的句子我未能说出口
但并不意味着我不想对你说

我深深地爱着
那个仍在此岸与彼岸间奋力泅渡的人

事隔多年
你雨中奔跑的样子
我仍能看见

2017.05.29

一个觉者站在山顶
风的力量不能将她移动

那个孤行的一意
今夜走到了哪里

我爱你
但不意味着我爱你历经的苦

2017.06.11

跋涉了那么多路
又远渡重洋
终还是找到了你

身体从不撒谎
它一笔一划记录下忧伤

是谁站在时间的绳索上舞蹈
并指示给我
你就是你所创造的宇宙

2017.06.24

你是你自己的创造物
这一点确定无误

你之今日所是
即你昨日所思
你之今日所思
即你明日所是

你呼唤我
我就在

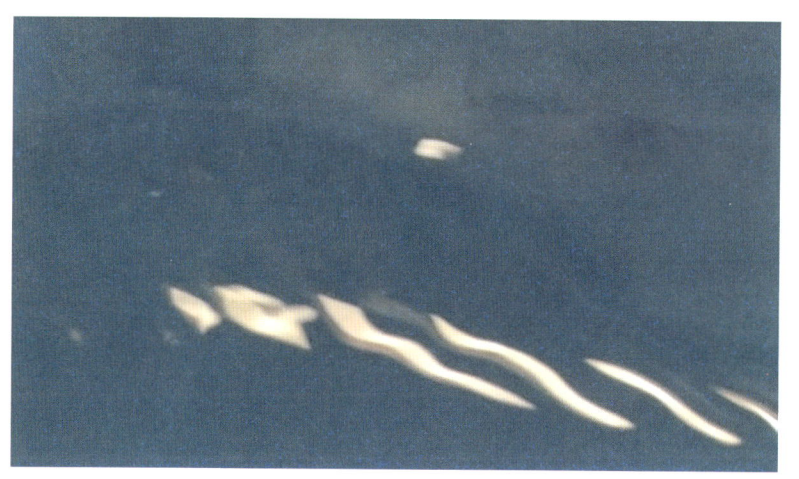

2017.06.24

我一直在独语与合唱间踟蹰
但现在我有了选择

我梦见那口铁铸的钟
在我手中打造完成

众神活着
我是她们赋予使命的一个

2017.07.05

把手放在经书上
惟有坚信者能够获得永生

你说
天使在与我们一起作战
对此
我深信不疑

心在哪里
神就在哪里

2017.07.29

把玫瑰写在额上
你就能在地狱中穿行

时间驾驭太阳和月亮
那不断前来的
难道不是爱

你能捉住那颗星星么
把它给我
让我看看它是冰冷还是
灼热

诗
是对话
与不存在的爱人

我看见我坐在一座明亮的大房子里
在阳光照彻的书桌上
笔尖的句子奔涌而来

我喜欢在宁静的夜里
听远处仍在路上的隆隆雷鸣

2017.10.23

圣人不一定居于圣殿
事实是
圣人总是居无定所

圣人更多的时候像个流浪者
那个衣衫褴褛一心寻究前路的人

独有的美总能遇到特别的人

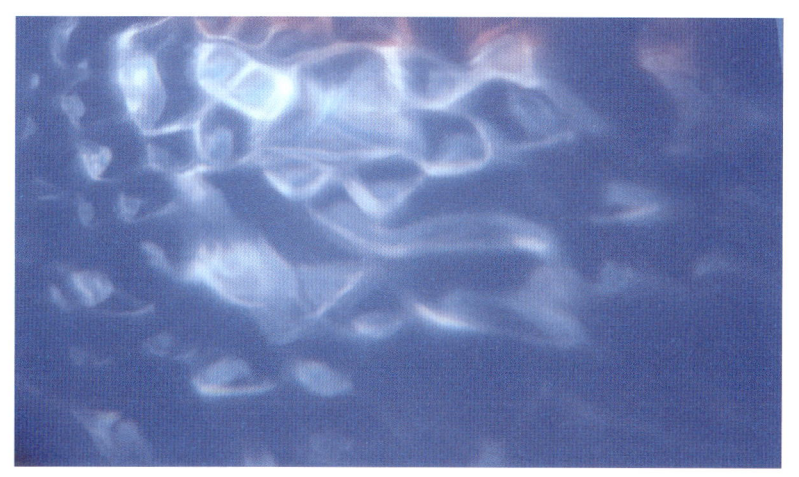

2017.11.04

我记得那冷却的岩石藏身的地方
沿着它我曾经攀援而上

看过最黑暗
你才能领略光的美

神赐予你这颗心
不是用它来盛忧愁的

2018.06.01

一颗平静的心
一颗狂野的心
并排走在自由的路上

我喜欢你坐在半山腰的样子
和你额上的寥廓星辰

神呵
你眼见那么多寒冷和欺骗
心却始终保持着柔软

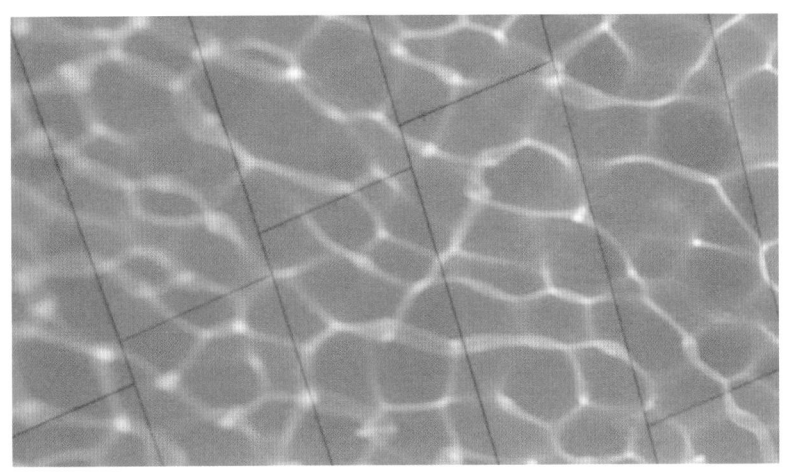

2017.05.17

旨在救助远方苦难
而对亲人的疼痛置若罔闻
应不是真正的慈善

找到心
然后顺从

我喜欢停在你琴弦上的沉默
如同我曾经长久无悔地爱着

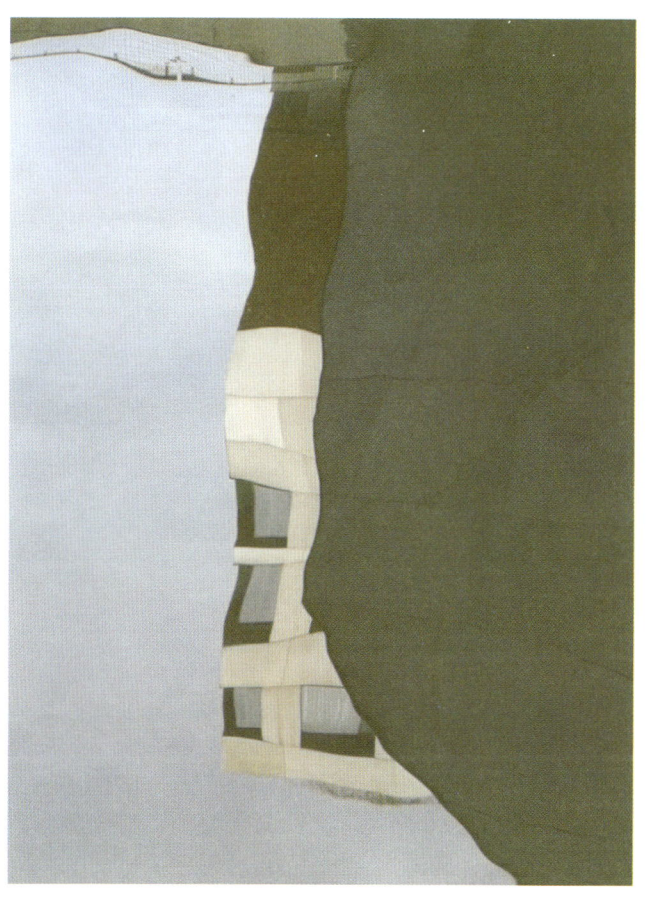

2020.10.02

将怨愤的芒刺
转变为黑夜星光
你必须有此能量

紫丁香开放的时候
你不在树下
却跑去看樱花

也许有一条路需要我去修行
只要意志坚定就能最终走通

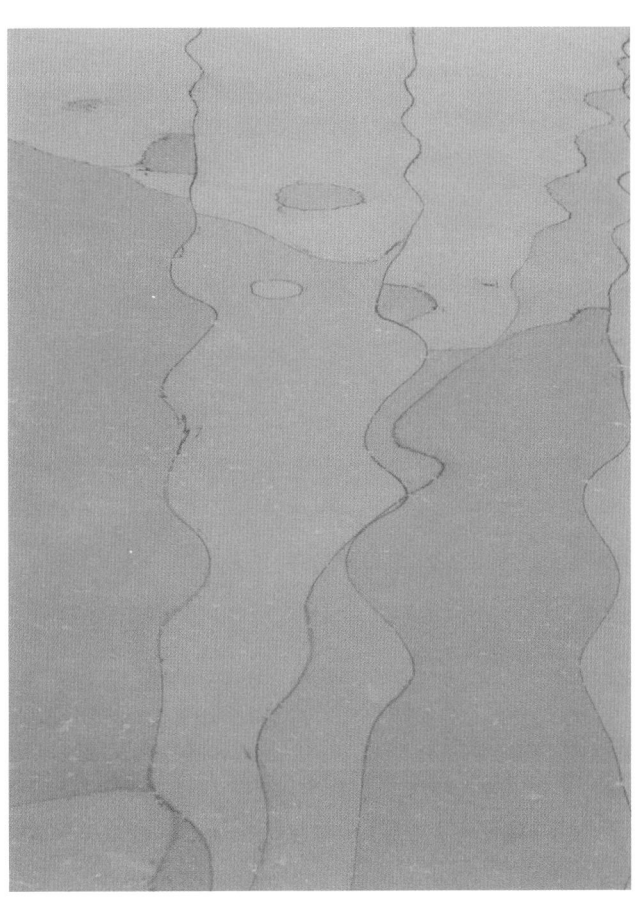

2020.08.09

一点一点地晒出心底的寒冷
正如一滴一滴挤出身体里的奴性

我的脚能否穿越泥泞
决定于这双手能否拨亮神灯

心能愈身

静能养道

2019.08.17

我站在地狱的入口
唯有儿子的阻拦能够使我得救

我在人间使命尚在
原谅暂不能赴你的天堂

不喜不虑不忧不惧

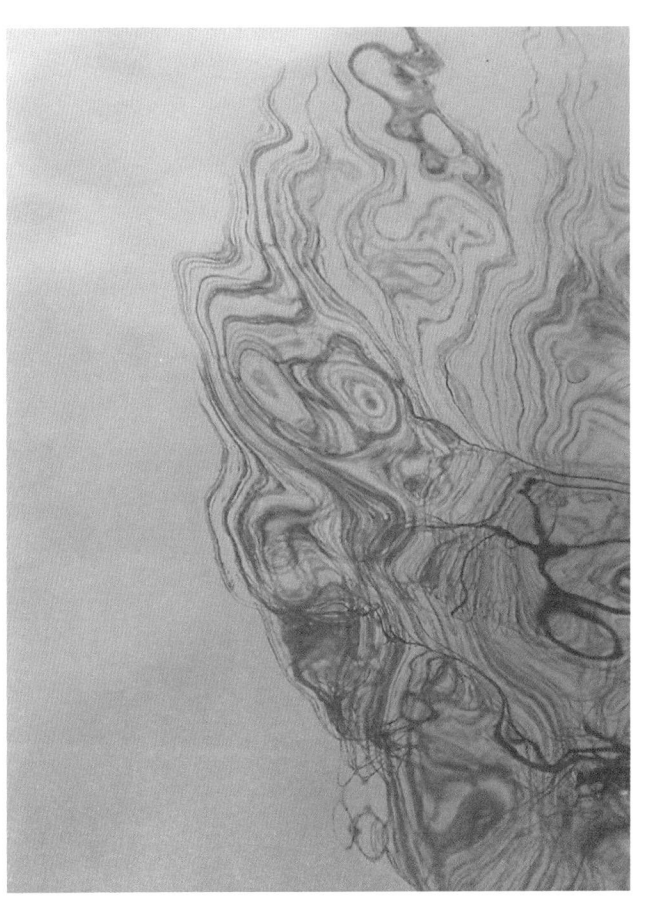

2021.03.16

神呀
告诉我
我要向哪里走
向左还是向右
左边是宽恕
右边是复仇

一扇窄门
如一道光
但已足够
足够我
侧身穿行

愤怒的火
将胸膛灼热
打铁
铸剑
黑衣人
在闪电下高歌

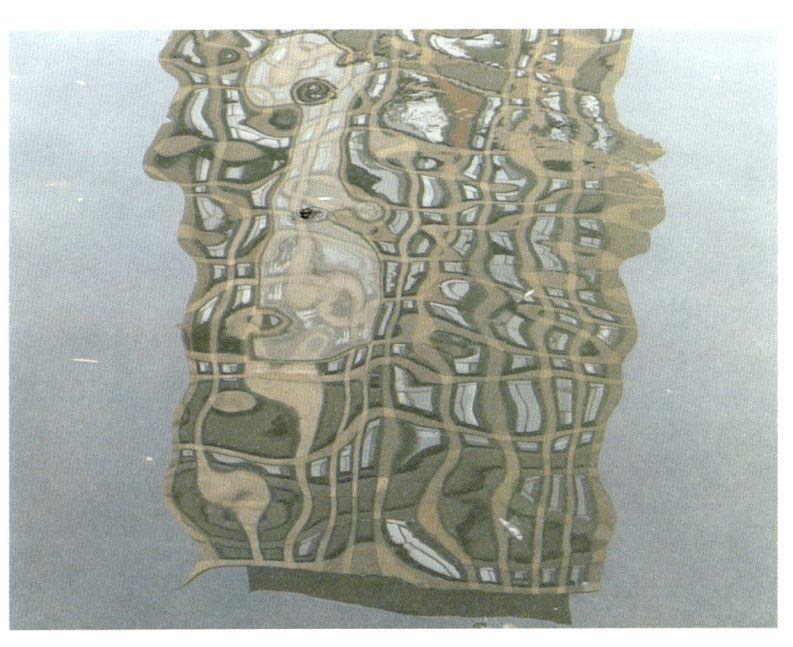

2021.02.26

闪电将自己插入水中
它淬火的颤栗令人心痛

不妨邀请死神偶尔来喝喝下午茶
席间再乐此不疲地与之讨价还价

第一刀四十三岁落于子宫
第二刀四十五岁落于腹部
第三刀四十九岁结印左乳
神呵 七年来你有什么还想告诉
我又在替谁赎罪 为谁受苦

2021.02.26

神呵 你刀刀见血
最该拿去的是你锋刃上的冷

苍山对面相看

听得到远方的呼救声
为此我须奋然前行

2021.02.26

每一天都是未卜
但谁又愿意将自己全部交出

我怎么可能离开
你
沉在我血液里的盐粒

原谅我不能身随你去
只把这一行行文字
沉入海底
陪你长眠

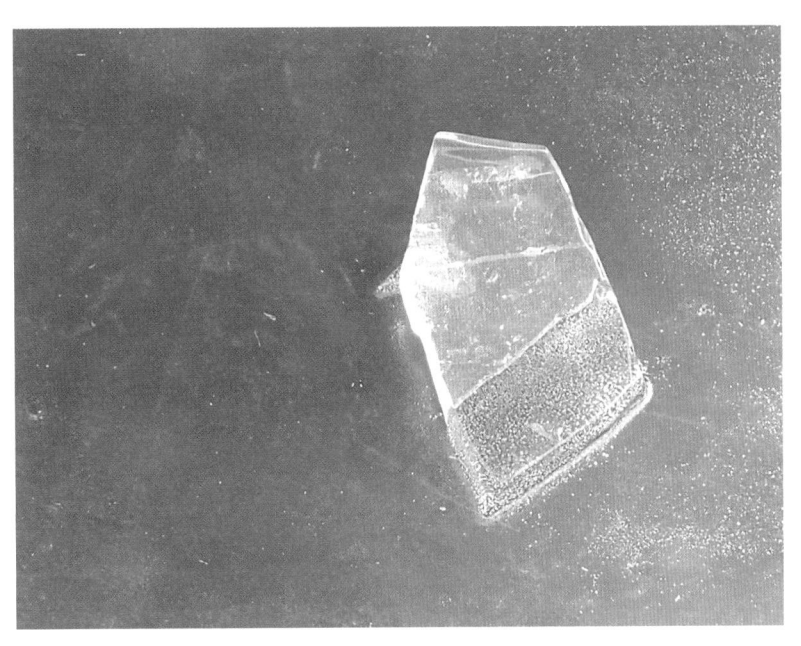

那些花开得那么短暂
在我动身探望之前

我热爱白皑皑积雪之上的那簇火焰
犹如你冰凉的手上仍存的那种温暖

静谧时我听到血液在脉管中流淌的响声
恰如落雪的大海彻夜低音的讲述

2021.02.17

我独步银河
为的是溅起星星
照亮这段最暗的旅程

太平洋彻夜拍打着海岸
巨人沉着的呼吸
使这颗心渐次安宁

你在我耳边说的那些温柔的话
一如原野上盛开的轻盈的花

2020.11.30

这双手曾轻拂过的麦芒
依然在阳光下闪闪发光

你温暖的句子如一匹白马
带我去的地方
万物葳蕤
水草丰盛

我看见清晨的我在庭院中浇水
裙裾的四围种满了蔷薇

从至甜到最苦
来,让我一点一点品尝
让我一点一点记住
随后再一点一点遗忘

心有星光
在黑夜中大声吟诵的人
得以生还

我忽略了喂养我的身体
我也忽略了供养我的灵魂了吗

2020.11.30

我该怎样告诉你
许多年只是一年
许多首只是一首

字与人通
字与心同

是谁组合
我们
你　或者
我
是谁翻动书页
让风自由地通过

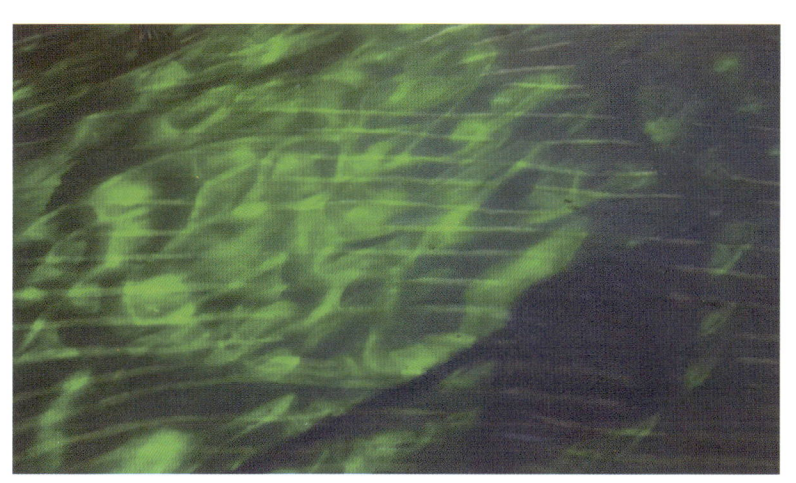

2017.11.04

再低一点
低到最低的尘埃
听那孱弱而坚定的声音
说：爱

停在半路的雨
海面上的微熏
山坡漫步的薄雾
田野中疾走的
你

嗯,这一切安祥宁馨
带皮的土豆
紫色的洋葱
西红柿和牛尾在炉上沸腾
昨夜的诗稿散落于
乡间庭院里的
长凳

后记

可以确定地讲,这是我迄今为止最重要的一部作品,而不是之一。

如果有后人研究,我也将如此提示。身为诗人,同样作为一位评论家,我可以负责任地对自己的作品下此断语。

这也是我写作间歇最短的一部诗集。是我写作距出版时间最短的一部诗集。——要知道,我的第一部诗集写作到问世用了整三十年。而这部诗集的全部写作不足三个月。但这三个月之于我,心理上并不比三十年短,时间在此呈现的质地又哪里是长度和数量能比!是的,不同之处在于,这部诗集真实录记了我生命中最艰难最晦暗也最残酷的岁月。

2016年5月6日，我和哥哥赴青岛将母亲的骸骨安葬大海，完成了母亲一直以来海葬的遗愿。24日我确诊乳腺结节并做局切，30日出院。当天父亲体检结果不好，6月24日父亲确诊胰腺占位早期，当天我手持电话，一边嘱托友人应对困难，一边抵抗自身病痛，心绪已然跌入人生的最谷底。父亲月底来京，多方论证后于7月12日手术并于25日顺利出院。两个月来的心身磨折，或是成就这部诗集的关键。

而这一切的发生与完成，在我5月8日电话中答应朋友约稿时绝未想到。

是。我从未在一部作品中这样直接、开放、断然，从未这样从身体到心灵到灵魂全然打开，释放本心。这部以断句面目呈现的诗集之于我个人的价值超出一切文字，这可能也是生命的隐喻。毕竟，藏在评论之后的文字多思、犹豫、沉郁而怀疑，当生命中的一些事物猝不及防，推至面前时，你所能使出的应对可能只会是诗。

"刹那"，本是我第二部诗集的书名，那部诗集计划辑入上世纪90年代至2016与诗神的相遇，也已整理大半，但不意与死神擦肩，这一书名借用于这一部诗集或许更为合适，当然也是我第三部诗集。或许起初，这个"刹那"就已有某种转折或须直面的巨大隐喻。只是我未曾意识。我想说，在此最艰涩最阴霾时刻，是诗救了我，那些诗句，如一只只援手，拉我从地

狱的门口走了出去。

一行行几乎不曾细想而是纷至沓来的句子、如长长隧道的一束束亮光，让我看到的不只是隧道中长的暗的现实，更是暗黑隧道外不时闪现的光芒与明媚的召唤。

我想，这就是病痛中的一种引体向上的力量。我从未如此强有力地感受到诗意的强劲之美，以前我只是迷恋于它低吟的柔弱的美，它纤弱的样子曾是多么吸引我呵，而今我见识了它抵抗的美，如此不一样的精神，在诗中完整地呈现，以致我有时在写作过程中对病痛能保有一种复杂的感激的心绪。

也许这正是一种"作为隐喻的疾病"。而这正是与我同病的苏珊·桑塔格在上个世纪写下的对抗之书的书名。在那部书中，她讲："每个降临世间的人都拥有双重公民身份，其一属于健康王国，另一则属于疾病王国。尽管我们都只乐于使用健康王国的护照，但或迟或早，至少会有那么一段时间，我们每个人都被迫承认我们也是另一王国的公民。"——疾病，以刹那的方式呈现，而与之对面的人，则须通过探索去找到本心之药。

这部诗集见证寻找、获得重生、是我重新得到另一个王国护照的一种方式。

爱尔兰诗人谢默斯·希尼在评论沃尔科特诗歌时曾讲，他的诗"已超越了自我置疑、自我探索、自我诊治的阶段而变成了一种公共的

资源。他不是鼓动家,他所能鼓动起来的是宽宏大量和勇气。我相信他会赞同霍普金斯的观点:感情,尤其是爱,是诗歌的伟大的动力和源泉。"我欣赏这个评语,它确切地说明了诗必然要超越一己的"自我质疑、自我探索、自我诊治的阶段",而变成一种"公共资源"。这部诗集的印制正想还原这一动机,而成为"公共资源"的目的不是为了某种鼓动,而是保有一种先于文字的朴素信念,感情的,"尤其是爱"的信念,我认同它必将超越病与恨,是"诗歌的伟大的动力和源泉"。

最后,感谢朋友们,原谅我不能一一写下你们的姓名。那一张张面孔上的关切、焦虑、不安与期待也是这些诗句产生并牵引我回到你们中去的强有力的动因。

记得数年前与先生在法国,常听当地人讲到一句谚语,"c'est la vie"。中文译为"这就是生活"。无论好坏,生活就是生活,承认它也好,改变它也好,都不重要,重要的是生活中的快乐,快乐才是生活的目的,同时也是诗的目的。

C'est la vie!法国人认同它也许是在诸多烦恼之上还承认生活有其喜感的一面。生活的本质就是多种多样的,一样不能少,但是最重要的在于从中找到生活中最本真的我。无时无刻,这个找到,便是快乐。

这就是生活。

而生活给予我们的爱的体验，无论其充盈、丰裕还是缺失与教训，都是诗的，是诗的重要源泉。

写到这里，我的面前现出一道彩虹，现实中我不断地与之相遇，仿佛神启。2016年5月23日傍晚，术前一天，它出现在北京上空，我在协和病房中仰望着它，心生感慨。正如现在我要交出这部诗集一样，心中的虹又哪里会沉入黑暗。

"立虹为记"，这个我曾经用过的一部评论集的书名，又于心中浮现，如果诗集真的要有一个题辞，作为这部诗集的扉页之诗，那么它，同样，当之无愧。

2016年7月31日
2020年11月23日改定

图书在版编目（CIP）数据

刹那／何向阳著. －－ 杭州：浙江文艺出版社，2021.8

ISBN 978－7－5339－6531－0

Ⅰ.①刹… Ⅱ.①何… Ⅲ.①诗集－中国－当代 Ⅳ.①I227

中国版本图书馆CIP数据核字（2021）第115031号

策划统筹　曹元勇
责任编辑　李　灿
营销编辑　睢静静　张赟喆
责任印制　吴春娟
装帧设计　王汉军
内文版式　王汉军
诗人画像　郝米嘉
封面、内文摄影　何向阳

刹那

何向阳　著

出版发行：浙江文艺出版社
地址：杭州市体育场路347号
邮编：310006
电话：0571－85176953（总编办）
　　　0571－85152727（市场部）
印刷：上海盛通时代印刷有限公司
开本：880 毫米×1230毫米 1／32
印张：7.375
插页：4
版次：2021年8月第1版
印次：2021年8月第1次印刷
书号：ISBN 978－7－5339－6531－0
定价：69.00元（精装）

版权所有　侵权必究

如有印装质量问题，影响阅读，请与市场部联系调换

一本书打开一个世界

欢迎订购、合作

订购电话：0571-85153371

服务热线：0571-85152727

KEY-可以文化

浙江文艺出版社

天猫旗舰店

关注 KEY-可以文化、浙江文艺出版社公众号，及浙江文艺出版社天猫旗舰店，随时获取最新图书资讯，享受最优购书福利以及意想不到的作家惊喜